陪你长大，时光悠然

悠鹿苏苏 著

中国少年儿童新闻出版总社
中国少年儿童出版社
北京

图书在版编目（CIP）数据

陪你长大，时光悠然/悠鹿苏苏著. —北京：中国少年儿童出版社，2016.8
（悠鹿苏苏手绘育儿日记）
ISBN 978-7-5148-3228-0

Ⅰ.①陪… Ⅱ.①悠… Ⅲ.①随笔–作品集–中国–当代 Ⅳ.①I267.1

中国版本图书馆 CIP 数据核字（2016）第 120705 号

PEI NI ZHANGDA , SHIGUANG YOURAN

出版发行：中国少年儿童新闻出版总社
中国少年儿童出版社

出 版 人：李学谦
执行出版人：赵恒峰

著　　者：悠鹿苏苏		责任编辑：白雪静	
装帧设计：王　晴		责任印务：刘宏兴	
		责任校对：杨　宏	

社　　址：北京市朝阳区建国门外大街丙12号　　邮政编码：100022
总编室：010-57526071　　传　　真：010-57526075
发行部：010-57526568
网　　址：www.ccppg.cn
电子邮箱：zbs@ccppg.com.cn

印刷：北京瑞禾彩色印刷有限公司

开本：720mm×1000mm　1/16　　　　　印张：14.25
2016年8月第1版　　　　　　　　　　2016年8月北京第1次印刷
　　　　　　　　　　　　　　　　　　印数：8000册
ISBN 978-7-5148-3228-0　　　　　　　定价：35.00元

图书若有印装问题，请随时向印务部退换。（010-57526881）

序

　　欣闻王苏的第二本书《陪你长大，时光悠然》即将付梓出版，忽然觉得：呵，时光一点儿也不悠然呢，王苏都长大啦！不仅妈妈做得在行，事业还蒸蒸日上。记得那年九月，在南京师范大学随园第一次见到我的电影学硕士研究生王苏时，她还是个孩子。站在碧油油丹桂树下的她，飘着宜人的书卷气和灵气，不由从心底寄希望于她。随着师生互动的增多，我发现中文本科出身的王苏文字功底扎实，性格中有着天生不愿意循规蹈矩的执拗。于是，我曾多次鼓励她未来可以做个自由撰稿人。但没想到，毕业后的她会选择从事漫画创作。我虽然意外，却也欢喜。因为她内心有自己坚守的东西，在职业的选择中不断反思、筛选、追寻，直至确定自己的方向——仍然是创作，不过是改为用图画和文字结合的漫画创作方式而已。漫画，也被称作"纸上电影"，一幅幅漫画场景如同一帧帧电影镜头，在无声的旁白和对白中讲述故事。如此说来，她并没有完全脱离当初我们的学科，所学仍有所用。

　　更重要的是这"所学所用"，用得竟如此巧妙。

　　做了母亲的王苏，选择的第一份职业是陪伴孩子成长的全职妈妈。带悠宝的过程虽然不可避免地夹杂着焦虑和烦恼，但更多的是惊喜。看着咿呀学语的小婴儿在自己的呵护下慢慢长大，她享受着人世天伦的幸福和安心。与此同时，和许多年轻父母一样，王苏设法把孩子成长的过程记录下来。但她没有选择一般家庭常用的照片、文字和录影，而是随心随性、毅然决然地选择了自己最感兴趣的漫画故事。我觉得对于她的孩子而言，这无疑是幸运的。待悠宝长大成人后,翻看书册,在一个个漫画故事中追寻自己的成长印记时,每一根线条都是母亲亲手勾勒描摹,每一个画面都带着母亲的体温和盈盈爱意,悠宝的感觉该有多好啊!就这样,一个不经意的做法,竟成就了王苏当今的事业。随着一本本亲子漫画绘本的出版,王苏又把这种盈盈爱意传给了更多的家庭,温暖而芬芳。

世上哪有这样的好事儿:把记录孩子成长和自己的兴趣爱好以及个人职业理想三位一体,且开着美丽的花,结出丰硕的果。同为女子,我好生羡慕!如有来世,我呀,一定要像王苏这样活着、爱着,创作着并快乐着。哈哈!

权且充序。

魏南江
南京师范大学教授、博士生导师
2016 年 6 月 1 日

自序 / 送给那些正在成长中的宝贝

好像是童话世界里被施了魔法的小精灵，好像是穿越了时空机器的神奇宝贝，出生时的啼哭声还在耳际，你却早已挥着手在幼儿园门口跟我认真道别。

再见妈妈，再见爸爸。

我知道，将来这样道别的时刻还有很多很多，离开了爸爸妈妈最初庇护的翅膀，你终将展开小小的羽翼，慢慢尝试飞翔。也许会飞越高山，也许会飞过大海，也许会飞到遥远的陌生国度。

时光匆匆然，一生亦只是转瞬即逝。我们与你如此相依相偎的时刻，更是倏尔如天际彩虹如叶上朝露，除了耐心用心相伴，还能说什么呢。

将来，你长大成人之后，在某个安静的夜晚，在昏黄的灯光下，也许会突然忆起你的童年时光。

在那已经恍然远去的往日场景中，童年如同一张张老照片在你眼前慢慢浮现，出现爸爸妈妈那张时，希望你能够感受到的，是我们给你的爱、耐心和暖暖的令你心安的幸福感。

亲爱的宝贝们，你们永远不会知道，爸爸妈妈有多爱你们。这些爱，藏在你们熟睡时他们凝望你们的眼睛里，藏在你们成长时他们热望的目光里，藏在你们遇挫时他们鼓励又叮咛的话语里，也藏在这本关于一个小人儿的故事书里。

在这本书里，我记录了一个个关于宝宝成长的小故事。

希望成年后的某天，他再次翻开这些书，还能依稀记得我们当年的那些陪伴。就像是打开了一个关于童年回忆的魔法箱，一幅幅彩色的画面闪耀着奇异的光芒，他再次变回了孩子，重温童幼时光。

这是一本关于陪伴、关于孩子的书，也希望每个孩子都可以在书里看到自己成长的小小身影。

人物介绍

悠宝 / 双子座的小男生

热情活泼又敏感细腻，乖巧懂事又调皮捣蛋，爱看绘本爱吃糖果爱玩小汽车也超级爱交朋友的机灵可爱兔宝贝一只。

苏 苏 / 漫画涂鸦人

活泼幽默有童心的宝妈，细腻善感，喜爱画画。小时候想当作家长大了想当导演最后莫名其妙拿起画笔的职业立场不坚定者。

宝爸 / 悠宝的"爸比"

个性沉稳豁达，是爱读书爱饮茶爱户外运动更爱悠宝的用心的好爸爸。

目录

第一章　亲爱的小孩儿

有宝宝前后，人生大不同…………………………… 2
不要比……………………………………………… 15
锻炼身体新方法…………………………………… 17
悠宝睡前程序……………………………………… 19
宝爸的吻…………………………………………… 25
光着屁股读书的悠宝……………………………… 30
悠宝海边出游记…………………………………… 31
偷吃零食的宝妈…………………………………… 53
羡慕双胞胎………………………………………… 55
睡姿变化…………………………………………… 57
生日愿望…………………………………………… 59
悠宝的初吻………………………………………… 62
这就是生活………………………………………… 67
三岁小宝宝对自己的回忆………………………… 69
几乎每天都在上演的戏码………………………… 70
悠宝和狗狗的相似之处…………………………… 74
给悠宝拍照那些事儿……………………………… 84
对付叛逆小宝宝最好的办法……………………… 87
听妈妈讲那过去的故事…………………………… 90
悠宝撒泼五式……………………………………… 91
妈妈抱……………………………………………… 93
送妈妈生日礼物…………………………………… 99
悠宝灵敏的超能力………………………………… 105

妈宝对话……………………………………… 107
小鸡妈妈和小鸡宝宝………………………… 109
悠宝做饭……………………………………… 110
如果再生几个宝宝…………………………… 114
禁不住诱惑…………………………………… 117

第二章　摇摇晃晃的成长时光

和圣诞老公公的对话………………………… 121
耍酷悠宝……………………………………… 122
第一次给书签名……………………………… 125
去游乐场的路上……………………………… 128
悠宝嘘嘘进化史……………………………… 130
陪悠宝睡的那些日子………………………… 133
马屁拍歪了…………………………………… 141
亲亲的原因…………………………………… 142
一个杯子引发的教育………………………… 144
悠宝K歌记…………………………………… 148
小男人的情话………………………………… 156
做蛋卷儿……………………………………… 161
小小男子汉养成记…………………………… 164
小熊事件……………………………………… 173
出门…………………………………………… 175
悠宝的尊严…………………………………… 178
悠宝逛动物园………………………………… 183
谁最美………………………………………… 188
悠宝嘘嘘实录………………………………… 189
每天都问妈妈的话…………………………… 192
悠宝的未来…………………………………… 195
孔雀园………………………………………… 197

第三章 大大的世界小小的你

家庭生活常见一幕……………………………… 200
会错意…………………………………………… 201
悠宝的幽默……………………………………… 202
剧情反转………………………………………… 203
姜还是老的辣…………………………………… 204
太认真…………………………………………… 205
"下次再小时候"………………………………… 206
穿雨靴的悠宝…………………………………… 207
"不可爱了"……………………………………… 208
太入戏的宝妈…………………………………… 209
变成一只小猪…………………………………… 211
把天空喝下去的那个小孩儿…………………… 212
那个属兔子的悠宝……………………………… 213

后记:送给时光的礼物………………………… 214

第一章

亲爱的小孩儿

有宝宝前后,人生大不同

6月16日 周一

自从有了你，

妈妈真的忙碌很多。

但是如果回到当初的时光，

我还是会选择做母亲。

看着你出生，偎在我的身旁，

陪你一起慢慢成长。

感谢你带给我的那些感动、欣喜、

对人生新的感悟和勇往直前的力量。

永远爱你，

亲爱的小宝贝儿！

由于宝宝发育有差异，家长大可不用比。

锻炼身体新方法

7月2日 周三

有了悠宝之后,宝妈的新式健身方法……

塑胳膊

塑腿形

悠宝睡前程序

7月12日 周六

吃过晚饭,悠宝即将进入睡前程序阶段。
对于宝爸宝妈和悠宝而言,
这段温馨又忙碌的睡前时光一般会这样度过:

散步

溜达溜达去咯!

除非寒冷的冬天,一般可能会跟爸爸妈妈出去散会儿步。

看动画片

或者看一会儿最爱的动画片。

这是属于我们小宝宝超级幸福的时光,爸爸妈妈你们不懂……

洗澡

洗个热乎乎的小澡。

悠宝小时候,很长时间都是在一个袋袋里睡觉的哦,它的名字叫"睡袋"……

穿睡袋

涂香香

其实不喜欢涂香香,可是妈妈说不涂会变皱变丑,只好乖乖地被妈妈在脸上抹来涂去……

刷牙

睡前还要刷刷牙，我不太喜欢刷牙，可是妈妈说有小虫会咬我的牙齿，只好坚强地刷下去……

有一个会讲道理的妈妈有时真的有点儿烦啊有点儿烦……

跟妈妈玩玩

妈妈牌摇摇车启动咯！

跟爸爸疯一疯，玩玩枕头大战！

跟爸爸玩玩

听妈妈讲故事

睡前故事一定要有的。坐在妈妈怀里，听妈妈用温柔的声音给自己读一本又一本有趣的图画书，应该会给悠宝留下无比温馨美好的回忆吧……

自己玩的安静时光

也能有一段安静的睡前时光，爸爸妈妈和悠宝各忙各的，互不干扰。

睡前，一定要有香喷喷的吻和温馨的互道晚安。

睡前互道晚安

—— 晚安，宝贝儿。我爱你。要对妈妈说什么？
—— 晚安妈妈。
—— 嗯，还有呢？
—— 妈妈拜拜。
—— 不对。
—— 妈妈再见。
—— 不对。
—— 妈妈，我爱你！
—— 对啦，我的小宝贝儿！

甜蜜依偎

睡前,悠宝喜欢摸着妈妈的脸,

或是把小手放在妈妈的袖口里。

其实,两岁半可以分床了,可是,就是有些舍不得。

已经习惯了这个小萌物在身边躺着,

好像不仅仅是悠宝依恋妈妈,

妈妈也很依恋悠宝。

这样在安静的夜晚甜蜜依偎在一起的日子还有多久呢?

所以,等等,再等等吧。

宝贝儿,等到你三岁咱们再分开睡吧。

那么,妈妈跟悠宝的蜜月期,

还有半年……

宝爸的吻
7月20日 周日

周末的早上,宝妈和悠宝还在床上睡着。

临近清晨,臭小子挤到爸爸妈妈中间来睡……

宝奶奶不在家。习惯早起的宝爸已经在忙碌了,洗完澡开始准备早餐。

正迷迷糊糊睡着，突然听到卧室门推开的声音。

果然，感觉到宝爸走到大床前，好像静静地看了一会儿。

然后,感觉到宝爸俯下身,在悠宝脸上亲了一下。

接下来,该轮到我了吧……

可是,就没有下文了!宝爸转身离开了房间,关上了卧室门。

其实,人家也想得到那个吻嘛……

懵然不知的幸福家伙

得到这样一个默默的浪漫之吻,应该还是小两口时代久远的事了吧?有了悠宝之后,无形之中就把很多很多的爱都放在了他身上。

这个小小第三者,霸占了爸爸妈妈好多爱啊!

得了爸爸的爱之吻浑然不知的小小第三者

不过,不亲我,一定是因为我睡得太靠里,比较不容易亲到嘛……

人妻的心理安慰

距离太远

老公同学请注意

下次，
亲娃时一定记得也亲亲老婆，
因为，
她也想要爱之吻哦！

小样儿，这次再不亲我咱走着瞧！

光着屁股读书的悠宝

7月25日 周五

这天,宝妈走进客厅,
发现悠宝正在茶几旁光着屁股
专心看书……

不是因为凉快,
也不是因为性感,
而是因为——他穿了系带裤……
都跟他说了没腰身的人
是没法儿穿系带裤的了嘛,
还臭美……

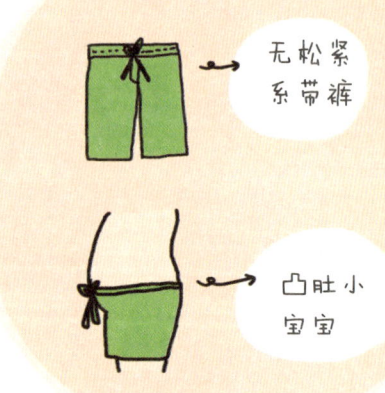

无松紧系带裤

凸肚小宝宝

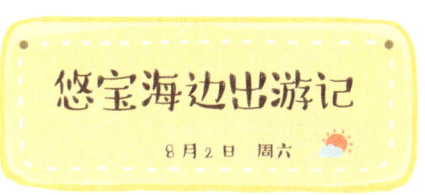

悠宝海边出游记
8月2日 周六

这个夏天,宝爸说要带宝妈和悠宝去海边。

原本打算去厦门,后来宝爸临时改变主意,说要去一个沙子非常细腻的海滩,结果把目的地改为广西北海的银滩。

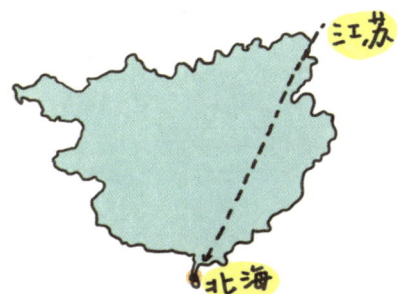

去之前,宝妈细心准备了去海边度假的各种物品,尤其是悠宝的用品。

牛仔风格帽子  沙滩鞋  游泳圈 游泳圈 浴巾

早上8点10分的飞机

5点40分,宝爸开车从家出发!

 START!

这是两岁多的悠宝第一次坐飞机,也是他第一次跟爸妈去那么远的地方。

已乘坐过的旅行交通工具。

两岁以上就需要买半价票了哦。

两岁以下的小朋友们,趁还可以买婴儿票,赶紧跟爸爸妈妈飞起来吧!

飞机上，悠宝的表现基本OK，对起飞和降落也没有什么不适应。最后短暂的小无聊也被iPad中的朵拉小朋友治愈了……

唯一的状况是……

妈妈，我要嘘嘘！

带去洗手间有点儿麻烦……

宝妈急中生智，最迅速地解决了悠宝的尿急问题！

矿泉水瓶

到达南宁。比起南京的酷暑而言,这里的气候非常舒适,坐机场大巴到汽车站吃了午饭,又坐上了去北海的大巴。

近3小时的大巴车程中,悠宝比想象中乖很多,又很合时宜地睡了一大觉。

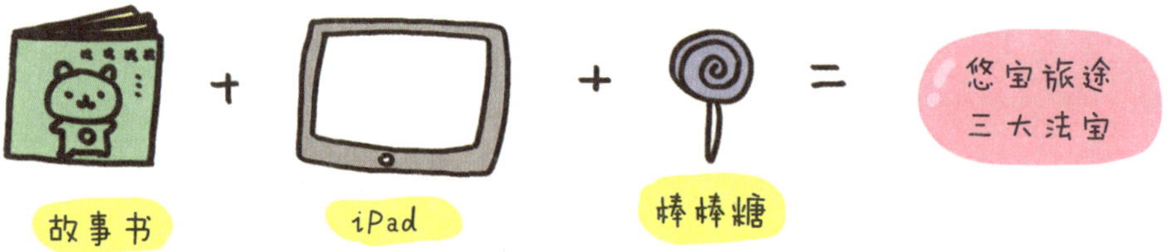

故事书 + iPad + 棒棒糖 = 悠宝旅途三大法宝

另外,从家里带来的悠宝喜欢的玩具、小零食、当地买的水果、在车站临时给他买的新鲜小玩具都可以成为旅途中的得力助手!

对于酷爱棒棒糖的悠宝来说,旅途上,一支棒棒糖可以消耗许多无聊的时光。

就这样,甜甜蜜蜜晃晃悠悠地睡着啦!

没吃完的糖被悄悄取走……

还好没吃完,嘿嘿嘿……

其实不想给小家伙吃糖,这是没有办法才使出的撒手锏。

没想到臭小子醒来后的第一句话就是:

宝贝儿你记性真好啊……

我的棒棒糖呢?!

下午5点左右，终于到了北海！

路边买的"李果"，卖水果的阿姨从玻璃格中取出来又撒了些佐料。第一次吃这种撒佐料的水果啊。其实就是我们常说的李子，不过味道又有点儿不同。

计划：先去海边玩会儿，再去吃晚饭。

老公，我要拍照片……

明天去涠洲岛上再拍吧，有的是时间呢老婆！

宝爸建议今天傍晚先不要拍照了，省得带很多东西，明天去涠洲岛上玩再拍。就这样，大家去了海边……

父子二人在戏水。

嫌凉,宝妈在岸边溜达找贝壳。

话说,游泳圈里的那个角色原本是我的嘛,不过自从有了悠宝……

在沙滩靠近酒店露台的地方,居然发现了很多垃圾:塑料袋、饮料瓶、拖鞋……

从海水里捡起一个塑料袋,拎着走来走去却找不到地方丢……

垃圾箱

建议:增设一些垃圾箱在岸边,环卫工人定期清理,状况应该会好一些吧。游客们也应该自觉一些呀!

最有趣的事,是看到一只小海鸟在玩水。海滩很空旷,小鸟站在水边,涨潮的时候它就赶紧往后退,水退了它又往前跳,好像在跟海浪做游戏似的,那种一丝不苟的专注劲儿真是可爱极了。宝妈观察了它很久,它一个人幸福地自娱自乐了很久……

6点多,准备带悠宝去吃饭,可小家伙不肯。

我要游泳!

吃完了再游好不好?

缓兵之计

只是,没想到吃饭的时候却听老板说……

有台风?!

事实上,上一条场景并没有发生。

乐观派

这就是人生,天气是不可控的,心情是可控的,乐观去面对吧!

让台风来得更猛烈一些吧!

老婆,风大,别吹感冒了!

饭后,一家三口逛逛北海的大街小巷。海边小城最多的自然还是各种海鲜饭店。

琳琅满目,品种比内陆城市更丰富的各种水果。

回去吧,老公?

逛到累了准备打道回府,旁边一位骑电动三轮车的大叔上前拉生意。

坐我的车吧,到前面打车不方便,再说去这附近酒店都不远,我直接送你们过去!

就当观光吧,大叔也挺不容易的,就这样,真的坐上了大叔的电动三轮……

慢慢地，热闹的街景不见了，取而代之的是一片黑暗的建筑工地……

紧张
兴奋
气定神闲

在晃晃悠悠黑暗的工地小路上，宝妈开始胡思乱想……

所有现金银行卡IC卡IQ全部都留下！

长相有些凶的司机大叔

这个大叔会不会其实是一个犯罪团伙的成员，今天是出来巡山的，然后……

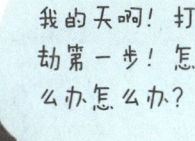

不过，什么也没有发生，小车又顺利上路了。

很快，就来到了酒店。

夜幕下，看着司机大叔那张被海风吹得黝黑的脸，心里挺不好意思的，刚才还把他当成抢劫犯呢！

惊险的一晚结束了……

早上起来，外面果然是雨打风吹！

看来什么海滩照啊登岛计划啊真的全都是浮云了……

早晨，在酒店吃自助早餐时，还经历了一件奇葩事件。当时只听得狂风把一扇玻璃门吹得啪嗒作响。

啪嗒啪嗒

说时迟那时快，哗的一下门就给吹倒了，餐巾纸瞬间开始四处飞扬……

结果后来到了南宁的酒店吃早餐时，小家伙还指着露台的玻璃门说："这个不坏……"印象非常深刻啊……

雨停了,风还在继续猛刮。酒店的露台上,很多人在斜倾着身子玩迎风而立。

妈妈,我害怕,我害怕——

宝贝儿,不怕,看那边也有小哥哥在玩呢!

劝了几次,悠宝还是不敢,因为风确实太大了。可没想到,趁宝妈在风中拍臭美照的当儿,他居然自己突然跑进了风中,还跑了几个来回!

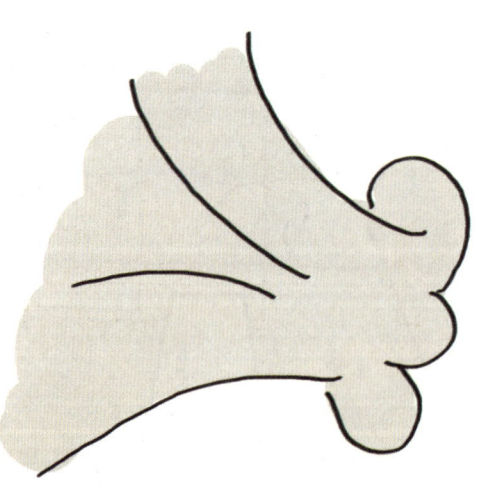

我拼了!

我冲!!

看着悠宝在风中来回奔跑的小身影,宝妈心里面暖暖的。特别是悠宝那小表情,被大风吹得还有点儿怯怯的,可爱极了!孩子,你面对狂风的态度就是你将来面对困难的态度吧,虽然还有点儿惧怕,但是绝不会畏首不前。加油,宝贝儿!

往回跑

这次,拍摄海边长裙照的愿望基本破灭了。不过,风中长裙飘逸照效果怎么样呢?值得尝试一下……老公,行动!

在风中,被吹起的飘逸长裙,那将是多么有意境的一幅画面啊……

为什么,女人对拍照这件事永远都充满了无畏的热情和可怕的自信呢?

以我们家为例,我从来没看到我爸爸主动要求拍过哪怕一张照片。但是我妈妈,不是在自拍就是在要求被拍,要不就是抱着我强行摆拍。女人这一生,得有多少时间用在拍照这件事上呢?

还好,我是个男人……

另外,宝妈好像已经预料到了这次拍照的结果……

因此,宝妈明白了,
有时候,
理想与现实的距离,
就是仙与魔的距离……

离开北海之后,又带悠宝去了南宁和东兴。

在东兴回南宁的大巴车上,悠宝睡了一大觉。醒来后一个人坐在座位上望着窗外,望了很久很久,久到宝妈以为他又睡着了。不知道为什么,那一刻宝妈心中很感动。那么小的小人儿,他在想什么呢?

悠宝的第一次海边之旅就这样踏上了归程。因为台风的缘故,他跟大海的接触很短暂,很多物品也都没用上。不过,没关系,期待下次吧宝贝儿。下次,宝爸宝妈一定做好更充分的准备!

Bye-bye 广西,有机会再来玩!

偷吃零食的宝妈

8月12日 周二

悠宝正在看动画片……

食品柜

小心翼翼地拆开塑料包装……

巧克力

羡慕双胞胎

8月16日 周六

还记得怀孕的时候,非常羡慕怀双胞胎的孕妈。

我怀的是双胞胎……

是吗,真好啊……

心里酸溜溜的,绝对是羡慕加嫉妒……

同样都是大肚婆,为啥人家就是一肚双娃呢,说不定还是一男一女的龙凤胎,一下子男孩女孩都有了,不公平啊……

可是，以后的以后，在无数个小朋友调皮闹心的时刻……

宝妈的内心都在呐喊：
亏了当时肚子里只有一个啊只有一个！
向双胞胎妈妈们致以崇高的敬意！

睡姿变化

8月22日 周五

生娃之前,夫妻俩的睡姿是这样的。

就这样,短短几秒钟,悠宝就实现了他的生日愿望!

开心大吃

史上最纯洁呆萌的生日愿望,下一秒就实现!

小家伙笑得特别甜。一年中,可以安心独享一大块奶油蛋糕不受限的愿望也只有生日时才可以实现吧,妈妈们懂得的……

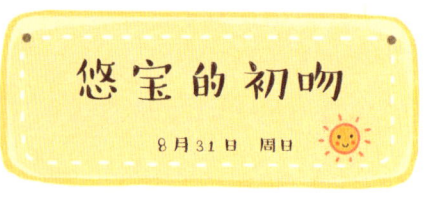

悠宝的初吻
8月31日 周日

几乎每个孩子的初吻，都是被导演的……

这就是生活
9月2日 周二

这天,陪悠宝在外面玩了很久。宝妈带他回家时,他还是非常非常不情愿。

莫名其妙地,宝妈突然想很平静地跟悠宝讲一些人生道理。

宝贝儿,我知道你不想回家,还想玩一会儿。但是人不可能一直做自己喜欢做的事情,总有一些不情愿去做但是却必须去做的事,对吗?这就是生活。

出乎意料，悠宝居然很快就平静下来了，并且小声地回答说："知道了。"

抱着悠宝走在回家的路上，回味着他刚才那句轻轻的"知道了"，宝妈心里竟然有一点儿小感动，感觉暖暖的。多么可爱的小孩儿，小小的他居然听懂了妈妈说的关于生活的哲理，还那么乖地回答"知道了"，真有点儿不敢相信。他小声回答妈妈的那个情景，一直在宝妈眼前浮现。

三岁小宝宝对自己的回忆

9月6日 周六

这天,悠宝边玩边跟宝妈聊他"小时候"的事。原来,自己婴儿时期还不会走路的那些时光,在他的记忆中是"没有腿"的,只能"一晃一晃"的。不知道,他的小脑袋瓜里还有多少关于"小时候"的事。他还记得一岁时玩过的那只说话猫,记得在妈妈怀里吃奶,奶是甜的。那些旧时光,在他的心里慢慢过滤、发酵,能够表达给妈妈知道的也只有这珍贵的只言片语了吧。

但是,这些都是美好的祈愿而已,
过不了多久,
捣蛋的继续捣蛋,发火的继续发火,
故事又会开始重演,一切又回到了从前……

剧情雷同

干吗呢,臭小子?

臭小子,往哪儿逃!

妈妈,说好的那些承诺呢……

悠宝和狗狗的相似之处

9月16日 周二

如果你养过狗狗,又生了宝宝,就会发现,二者有许多相似之处。

一、都是咱们的宝贝儿,咱们承担的都是爸妈的角色。

二、都得像伺候大爷似的好好照料着。

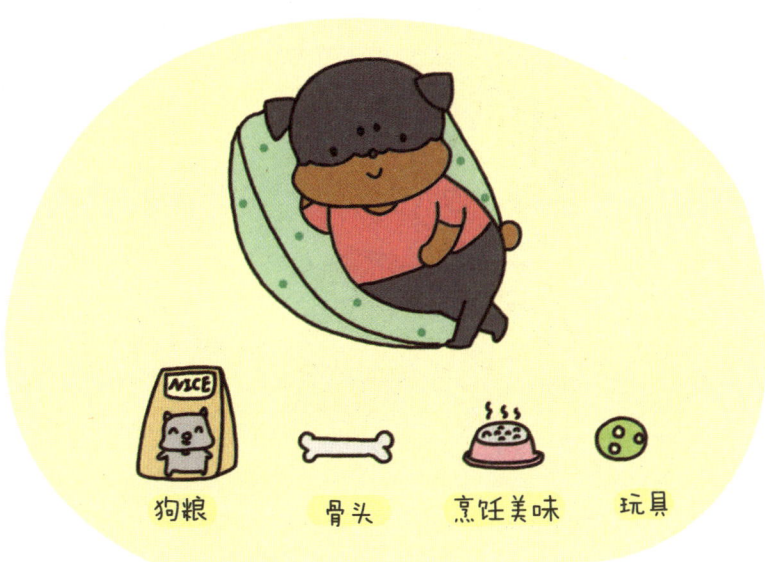

狗粮　骨头　烹饪美味　玩具

进口奶粉　纸尿裤　零食　玩具

三、都爱黏人。

四、嘴巴都很馋。
(P.S.: 对塑料袋发出的声音都具有高度警觉性)

五、都会流口水。

六、都有过随地大小便的"懵懂"时期。

七、都擅长卖萌。

八、都爱出去遛弯儿。

九、都会被教授新本领然后在外面当众秀出来。

十、都喜欢玩卷纸抽纸。

十一、都会在不该捣蛋的地方捣蛋然后被撵走。

十二、生病了都让大人心焦。

十三、当然,还有一点——都是妈妈心底放不下的牵挂……

给悠宝拍照那些事儿

9月22日 周一

有那么一种小孩儿，你给他拍照时他会"超级"配合你……

来，宝贝儿，配合点儿，妈妈给拍张照哈……

笑，注意，笑……

笑？

悠宝　三岁

对付叛逆小宝宝最好的办法

10月2日 周四

某天,宝妈正在厨房里忙活,悠宝突然来到厨房门口打算进来找妈妈。

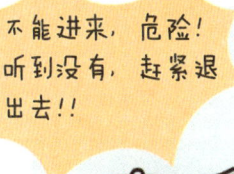

宝妈很着急,担心烫到儿子,非常生硬严厉凶巴巴地制止了他。

悠宝被拒后很愤怒,小脸涨得通红,挥着小拳头敲了敲门框,嘴巴里叽里咕噜地嘟囔着什么。

好像突然意识到了什么……

宝妈放下手中的活儿,蹲下来温柔地跟悠宝解释刚才为什么有些凶巴巴的。

宝贝儿,妈妈是怕你被锅烫到,所以有些着急,知道吗?

宝妈温柔大变身

刚才妈妈不该对你凶,对不起……

悠宝也一改刚才小老虎似的叛逆样子,立马变成了一只乖乖的小白兔,依偎在妈妈怀里,轻轻地喊妈妈。

是一个凶巴巴的妈妈还是一个温柔可爱的妈妈更能让小宝宝变得乖巧驯服呢?有时候,两者之间只存在几秒钟的差距,短短一个转换表情和语气的瞬间而已。

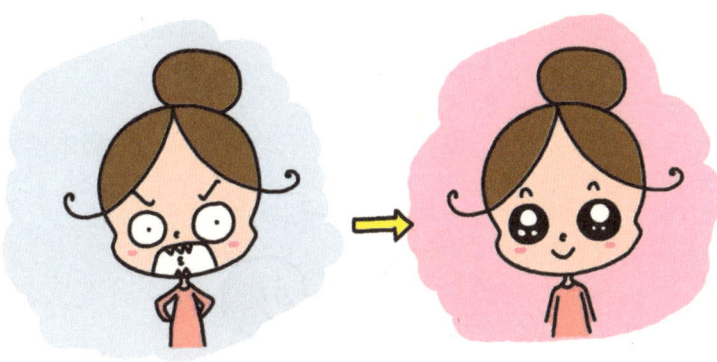

亲爱的妈妈们,
在发脾气着急前,给自己一秒钟冷静的时间吧……
因为,
对付叛逆小宝宝,温柔才是最好的招数!

我们硬汉,是吃软不吃硬的!

听妈妈讲那过去的故事

10月8日 周三

时光飞逝,童年的一切还历历在目,宝妈却已经坐在了悠宝姥爷当年坐过的位置上,开始给她的小孩儿讲述她小时候的事。这令人憧憬又令人怅然的成长啊……

悠宝撒泼五式

10月21日 周二

悠宝个性外向,情绪自我控制能力一向良好。但是过了三岁关卡之后,他好像突然到了个性转变期,变得容易大哭起来。各种号啕姿势据宝妈总结有如下几种……

以前还没做妈妈的时候，经常会在路上碰到这一幕。

后来，宝妈自己也做了妈妈，才知道，那不是后妈，是绝对的亲妈。这样的小脸，几乎每次带悠宝外出去玩时都会看到……

有一次,宝妈把这个想法告诉了悠宝。

宝贝儿,妈妈真想把你一下子甩回家去!

妈妈,你甩我吧,把我甩回家吧……

呃,臭小子当真了……

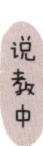

说教中

真搞不清楚你,非让妈妈抱干吗,自己走走多好。应该自己多走路,才能越长越壮……

老妈,这你就不知道了吧,有现成的人力车坐谁还自己走啊,嘿嘿嘿……

老妈牌人力车夫

坑妈的熊孩子

抱吧,背吧。再说也抱不了几年了。
已经在渐渐长大的孩子,
很快就不会再需要妈妈的怀抱和臂膀,
到时候,妈妈估计想抱都很难了。

今天考试要加油哦,妈妈相信你。来,宝贝儿,抱一下!

妈妈,我长大了,是男子汉了,能不能不要老这样抱我,被别人看到怪难为情的……

这一天,迟早会到来……

送妈妈生日礼物

11月8日　周六

还送带花的小汽车!

小汽车就不要了,宝贝儿,衣服就行了,乖宝……

谢谢宝贝儿,嗯——

不过,买礼物需要花钱啊,你又不工作,哪里有钱给妈妈买礼物呢?

悠宝灵敏的超能力

11月10日 周一

某日，书房里。

零食包装纸　轻轻拆

什么声音？

瞬间移动

小鸡妈妈和小鸡宝宝

11月22日 周六

一天早晨,还没起床,悠宝和宝妈有了如下的对话:
——你是我的小鸡妈妈。
——嗯,你是我的小鸡宝宝。
——我的小鸡爸爸呢?
——小鸡爸爸出差了,过两天就回来了。
——叽叽叽叽叽叽……
——叽叽叽叽叽叽……

为什么那天早晨悠宝会突然想到妈妈是他的小鸡妈妈呢?也许是受什么故事或儿歌的启发吧。好像演戏真的是人类与生俱来的本领,他早已经开始在生活中扮演各种角色:我是猪八戒,我是警察,我是三角形,我是老爷爷……今天,他把妈妈也变成了小鸡妈妈,还想到了自己的小鸡爸爸去哪里了。那么可爱的问句,宝妈就毫不犹豫地用画笔记录下来了。将来,可爱的小鸡宝宝会长成雄壮威武的大公鸡,早已不会躲在妈妈的羽翼下面。不过,现在,他还是妈妈毛茸茸的、嗲嗲萌萌的小——鸡——宝——宝!爱你,最亲爱的小鸡宝宝!

悠宝做饭

11月27日 周四

初冬,一棵银杏树下落满了金色的叶子,还有一些捆绑大树的麻绳,日久风化了,散落在大树脚下。

悠宝很认真地搓着绳子,全部都搓成了碎末。

妈妈,请问有醋吗?

原来在做饭呢。

有啊,给你。

银杏叶

谢谢妈妈!

非常配合

如果再生几个宝宝

12月8日 周一

宝妈有时候会觉得,
多生几个宝宝也挺有趣的。
好几个可爱的小家伙一起甜甜蜜蜜地喊妈妈,
依偎在妈妈身边,
就像动物世界里的小动物们偎在动物妈妈身边似的。
他们都是宝妈的孩子,依恋她,腻着她,
那感觉,多温馨多幸福啊!

可是,
一想到也有可能会看到下面的景象,
这个念头就彻底冰封了……

禁不住诱惑

12月17日 周三

第二章

摇摇晃晃的成长时光

和圣诞老公公的对话

12月24日 周三

圣诞老公公,今年圣诞节没下雪,你不会生气吗?

哦,因为没下雪,我的驯鹿没法儿拉雪橇,所以今年改拉三轮车了。不过,它拉三轮车的技术实在不怎么样……

去游乐场的路上

1月24日 周六

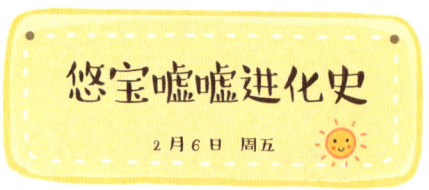

悠宝嘘嘘进化史
2月6日 周五

想尿就尿　　纸尿裤

躺着嘘嘘

抱着嘘嘘

陪悠宝睡的那些日子

2月8日，周日

自从悠宝不用纸尿裤之后，宝妈夜里总是习惯一醒了就摸一下悠宝的小屁屁。

臭小子，尿床啦！

小浑蛋，睡前水又喝多了！

小屁股都凉了,宝妈赶紧把悠宝抱到被窝里暖一暖。

不知道尿湿了多久了啊这臭小子……

偶尔,折腾了一番之后会有点儿失眠。

才三点多啊,唉,临近天亮就好了……

这天,悠宝又尿床了。宝妈刚把悠宝抱到被窝里,他突然迷迷糊糊地说:

怎么了,宝贝儿?

妈妈,我害怕……

嗯，非常切合实际的梦啊，悠宝。但不是昨天，就是现在嘛！

陪睡事业进入第四个年头，小伙子也快三岁半了。一路回想起来，有辛苦也有很多甜蜜……

辛苦是自然的，各种小状况都有可能会影响到宝妈的睡眠，甚至早已忘记了没娃时代一觉睡到酣畅淋漓是什么滋味。

不过呢，辛苦归辛苦，收获和乐趣也有很多啊。这些都是不陪娃睡永远体会不到的小小甜蜜。

睡前的甜蜜谈心：

永远不变的睡前故事时间：

有时，悠宝也会编睡前故事讲给妈妈听。

有个小悠宝和妈妈，站在很远的小山坡上，然后，来了一只大灰狼，把悠宝和妈妈吃到了肚子里，然后警察来了……

有时，会互相挠挠痒痒。

妈妈给悠宝挠　安逸

快给老娘挠破了臭小子！　抓狂　悠宝给妈妈挠

跟爸爸妈妈玩玩睡前游戏：

挤啊挤啊挤小娃……

很多孩子都有个习惯，喜欢抱着一个布娃娃或者动物玩偶入睡。悠宝从来都没有过想要抱着的玩偶或者特别依恋的物品。宝妈觉得，自己就是悠宝的大布娃娃，有妈妈在，孩子就心安。

时间真的过得太快太快。悠宝婴儿时宝妈还在念叨，儿子什么时候才能长成个大孩子。转眼间悠宝都上幼儿园了。分床这件事，其实也会很快来临的吧。

打算五岁分床，让悠宝自己一个人住一个房间。这样算下来，这样相依相伴的日子，大约还有一年多一点儿。

依偎在妈妈身边的日子

0岁~5岁　　　　漫漫人生路　　　　遥远遥远的未来……

对于孩子来说，

幼年时有妈妈陪伴入睡的这些日子终将结束，

成为他回忆童年婴幼儿时期的一个甜蜜的过往。

尽管辛苦一些，

妈妈仍旧觉得很甘愿。

就这样陪着他吧，

一直到他一个人独自睡的那天。

他会拥有一个自己的房间，

一张只能睡得下自己的小床。

他会关上门，

开始体验一个人面对的时刻。

亲爱的宝贝儿，

在那个时刻来临之前，

让妈妈继续陪伴你吧。

亲亲的原因

2月20日 周五

睡觉前,跟悠宝在床上甜甜蜜蜜地聊天儿……

宝妈故意把脸慢慢往前蹭,最后蹭到了悠宝的嘴巴上……

爱恶作剧的调皮宝妈

哎呀,谁亲我了?是你吧,你亲我干吗啊?

一个杯子引发的教育

2月28日 周六

这天,悠宝不小心把杯子打碎了……

妈妈,我不是故意的……

正好趁机教教这小子节约的概念……

妈妈知道你不是故意的,但是杯子碎了就不能用了。

比方说这个杯子价值20块钱,20块钱可以买20支棒棒糖,好多好多,一大包哦!

可是现在这20块钱被浪费掉了,你就得少吃至少20支棒棒糖!

就等于20支棒棒糖被丢进了垃圾桶,是不是很可惜?

哇,20支甜甜香香的棒棒糖,可以吃好久哦。可能有香橙味、蓝莓味、巧克力味……

此法可供各位妈妈们借鉴！

悠宝K歌记
3月7日 周六

周末下午,带悠宝出去玩,准备去某广场转转。

悠宝一周最开心的事,就是和爸爸妈妈一起出来玩!

出发有点儿迟了,临近吃晚饭,我们决定带悠宝去KTV唱唱歌。

记得这小子上次都没唱够。

选歌之前，先点了首当红歌曲《小苹果》给悠宝热身。臭小子很投入，跟着音乐时不时哼上两句，唱得最好的当然是那句激情四射的"火火火火火"……

这是悠宝第三次跟爸妈来KTV了，照例他又点了最爱的字母歌。但是这首歌从来就没有找到过，这次也是同样的结果。

小时候，宝妈把这首歌改了歌词，经常唱给他听，悠宝很熟悉这个旋律。

有一个小孩儿，他有一些调皮，他还有一些呆呆。有一个小孩儿，他有一些可爱，他还有一些乖乖……

点了这首歌，悠宝很开心，拿着话筒专心盯着屏幕。宝爸出去给儿子买之前答应过他的冰激凌。

呜里哇啦 咕里叽哇……

偶尔跟着哼唱几句，也听不清在唱什么。

冰激凌来啦，最幸福的时刻！

美滋滋地吃完了冰激凌，宝妈问他还想唱什么歌，小不点儿想了想说："《西游记》！"超级怀旧啊有没有……于是就给他点了那首《敢问路在何方》。宝妈心痒先拿过话筒唱了起来……

你挑着担，我牵着马……

一定会被外面的服务生当作是大婶吧……

妈妈，还要听《西游记》！

演唱版
故事版

于是，只好再点一遍《西游记》，发现原来有两个版本。

故事版的，画面上没有演唱者，配的全部都是电视剧情节，其中自然少不了悠宝从两岁时就开始迷恋的那只猪——八戒。歌开始播放以后，宝爸估计也是心痒痒，拿过话筒就唱了起来。

于是,爸妈只好陪他一起坐在那里默默看着屏幕。

没想到,一遍播放结束之后这小子说……

妈妈,我还想看《西游记》!

好,好吧,再听一遍。

于是，三人又一起坐在光影和歌声中默默地看1986年版的《西游记》。

在暖气的吹拂下，臭小子大概也是困了。

悠宝K歌档案

姓名： 悠宝

性别： 男

年龄： 三岁半

K歌史： 三次

必点曲目： 《字母歌》 《江南style》
          《小苹果》 《黑猫警长》

新增曲目： 《有一个姑娘》

♥ 带宝宝K歌注意事项 ♥

一、勿超过一小时，长时间看屏幕对眼睛不好。

二、为了降低未来几天内宝宝吼叫的频率，爸爸妈妈尽量少点《离歌》《死了都要爱》《拯救》等需要嘶吼的歌曲。

三、提前备好宝宝爱唱的歌单，以防到时手忙脚乱想不起来。

P.S.：平时就可以有心地记录下宝宝喜欢的歌哦，存在手机里做备用歌单。

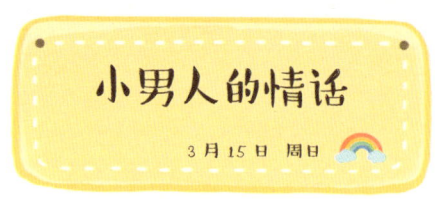

小男人的情话
3月15日 周日

这天，宝爸宝妈带悠宝在扬州玩，中间因为悠宝在饭店吃饭时超级不听话，发生了一件让宝妈非常生气的事。

臭小子，真是气死妈妈了，堵心啊！宝爸也不给力，气上加气！

于是，真的生气了就不爱讲话的小气鬼妈妈，回酒店收拾一下就去洗澡了，撇下父子俩。

默默无言
自己郁闷

儿子，长大以后你就会知道，对于男人来说，有一件事比上战场还要让人棘手，那就是，女人生气了……

默默脱衣……

默默搓澡……

洗完了，开始给悠宝穿衣服了。宝妈却听到儿子贴着自己的脸一字一顿地小声说：

妈妈，我喜——欢——你，我——爱——你！

三岁多点儿的小家伙，在跟妈妈表达爱和歉意。他知道今晚妈妈很生气，是想通过这种方式让妈妈重新开心起来吧？

只是，才三岁多就会说甜言蜜语的臭小子，将来在情场上也一定会所向披靡吧，宝妈又有的担心了……

做蛋卷儿

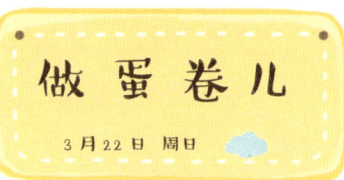

3月22日 周日

悠宝在玩橡皮泥,不一会儿,桌子上便摆满了一个一个用橡皮泥做成的"蛋卷儿"。

全部排成排,看起来很壮观。

卖蛋卷儿咯,谁要买蛋卷儿呀?

刚才明明都是我帮他揉好的橡皮泥球,这会儿怎么突然都变成蛋卷儿啦?

他也没用什么工具啊,比如像擀面杖之类的小棍子。可是这些蛋卷儿看起来明明就是用很薄的橡皮泥饼卷起来的啊。

原来,这些小球都是被小拳头硬生生砸成了一张张薄饼,再卷成蛋卷儿的。刚才宝妈确实听到了啪啪的声音,但是因为在专心画画,所以根本没在意是怎么回事。

小小男子汉养成记

4月2日 周四

作为一个爱美的女性,各种护肤品、化妆品是必不可少的。

每天出门前涂涂抹抹也是必然的。有时候会不小心忽略了,旁边一直有个小人儿在不动声色地观察这一切。

对世界充满了好奇的小家伙……

妈妈在脸上捣鼓啥呢?

男性 三岁半 悠宝

这天,宝妈回家后发现悠宝脸上有块若隐若现的竖长方形白印子。

白印子不是那么明显,但还是可以看到。宝妈心底也有些纳闷儿,直到看到——桌子上放着的粉饼盒忘收起来了!

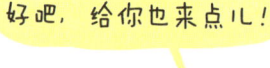

没想到悠宝回了宝妈一句：

男生也能化妆！

看样子宝妈给这小子留在桌子上的化妆品放少了，要是放上全套，这小子还不得整成这样！

妈妈，我美吗？

宝妈知道现在的年轻男士化妆已经不是新鲜事了。他们也开始画眉毛、涂隔离霜、粉底，甚至唇彩。

男生必备化妆

男生化妆步骤

可是宝妈真心不希望自己儿子走这条道路啊！

不成大材什么的都不重要,但是,一定要成为顶天立地的男子汉!儿啊!听到妈妈的心声了吗?

体能训练

勇气训练　　高山滑索

唉，看你给我印上这个小熊，我都擦不掉了……

小熊印章

【宝妈反省日记】

对我的"调皮"行为,悠宝明显表现得比我平静并宽容得多。如果是他在我的水彩本上乱盖章,我一定会很生气地批评他吧。我深深地感觉自己真的比他调皮,比他小气,比他情绪化……唉,好好反省吧,育儿的道路上还有很多要学习的,加油!

吹吹头发

挑挑衣服

化个小妆

悠宝的尊严

4月23日 周四

上幼儿园的第二天,老师告诉宝妈要给悠宝穿个小短裤在里面,因为中午睡觉时小朋友们都会把裤子脱了睡。

说实话,一直把悠宝当作小屁孩儿,还真的从没想过要给他穿短裤这件事。

第三天下午接悠宝放学后,宝妈准备带他去附近的童装店买几条新短裤替换着穿。

宝妈选到了两条中意的小短裤,相差一个尺码,实在拿不准哪条会更合适臭小子穿。

宝妈选衣服的时候,臭小子好像也没闲着。

坐下，危险！

喳，瞎激动啥？我根本啥都没看到嘛！

至于刚才在小妹妹面前被脱裤裤量小短裤这件事，
悠宝已经在大脑中自动把它给过滤了吧……

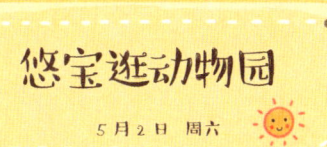

这天,悠宝和宝妈一起去逛动物园。

猴山

妈妈,小猴子好可爱,我们养一只小猴子吧?

谁 最 美

5月6日 周三

悠宝嘘嘘实录

5月16日 周六

悠宝从超市出来,突然说:

妈妈,我要嘘嘘!

公厕?

附近没有公厕,可小朋友的忍耐力有限,没有办法了,只好委屈一下路边的大树先生了……

那边有棵大树,我们去给它浇浇水吧?

由随处嘘嘘的坏娃娃陡然间变身为无偿供水公益人士,形象大大提升!

悠宝边嘘嘘边喃喃自语。

每天都问妈妈的话

5月22日 周五

自从上幼儿园之后,几乎每天早晨悠宝都会问宝妈两个同样的问题。

妈妈,我今天上学吗?

要上的,宝贝儿,今天不放假哦。

小家伙一下子委屈起来,一圈小眼泪汪在眼眶里。

是我一睡醒妈妈就来接我了吗?

几乎从上幼儿园的第一天开始,这样的对话就每天都在重复。悠宝好像就是要听到那句妈妈很快就会去接他才安心,这句肯定的回答是他乖乖去幼儿园的一大动力吧。

就这样,尽管还有诸多不情愿,还有心底对妈妈的无比依恋,悠宝还是接受了他要去幼儿园的现实,乖乖跟爸爸出门了。

望着悠宝慢慢远去的小背影,宝妈心里很欣慰。这第一步,比宝妈想象的顺利很多。接下来的日子,亲爱的宝贝儿,要继续加油哦!

第三章

大大的世界小小的你

家庭生活常见一幕

6月12日 周五

悠宝的幽默

6月18日 周四

妈妈，对不起……

宝贝儿，没有做错事情就不要跟妈妈说对不起了，知道吗？做错事才需要说对不起呢！

猛扭
妈妈
手臂

妈妈，对不起！

姜还是老的辣

7月2日 周四

太认真

7月10日 周五

"下次再小时候"

7月19日 周日

其实妈妈小时候也很调皮。

悠宝长大了，娘儿俩有时候会在一起聊聊天儿……

我喜欢爬很高再跳下去！

旧工厂的厂房

妈妈，那你下次再小时候不能调皮了！

可是，妈妈怎么有种热泪盈眶的冲动，下次，再小时候……

永远回不去的童年啊！

穿雨靴的悠宝

7月22日 周三

雨后，布满水洼的路上，

如果你见到一个穿着雨靴的小孩儿，

请即刻远离……

我是来踏浪的，哈哈哈！

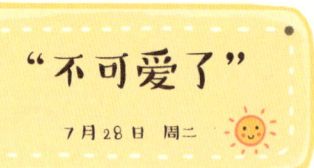

"不可爱了"

7月28日 周二

哇,那个宝宝好小好可爱!

悠宝,你已经长大了……

……

就是说:我已经不可爱了。

多么痛的领悟!

太入戏的宝妈

7月31日 周五

变成一只小猪

8月15日 周六

悠宝抱着一块小黑板在研究,上面是奶奶给他画的戴花的猪八戒。他默默看了一会儿,突然说道:"有一天,我会长成一只小猪……"孩子,你是对自己目前的体格不满意吗?还是想告诉大人,成长是一件残忍的事?宝妈后悔只做了记录而没有追问悠宝。这将成为一个谜吧。

把天空喝下去的那个小孩儿

8月22日 周六

蓝色的水是用天空做的,就是摘好多好多云彩,然后喝下去。

宝妈带悠宝在外边吃饭,点了一杯蓝色的饮料。悠宝诗性大发,说了如上这段话。难怪说儿童是天生的诗人,把天空和云彩喝到肚子里的那个小孩儿,感觉美美的……

那个属兔子的悠宝

8月29日 周六

以前，宝妈告诉过悠宝，他属兔。

但是为什么属兔就没再细讲下去。

这天睡前，悠宝要宝妈给他讲个故事。

宝妈问悠宝：

——讲什么故事呢？

——讲个小白兔的故事。

——为什么要讲小白兔啊？

——因为，我属兔子。

后记 / 送给时光的礼物

每个看起来无论多么严肃又无趣的大人，都是从一个孩子长成的。如果你告诉孩子们，别看我们现在戴着厚厚的眼镜，长得人高马大，喜欢蹙着眉尖、抿着嘴唇，摆出一副我是大人的凛然模样，可我们小时候也是可爱调皮的小娃娃，他们还不一定信。他们啊，也许认为我们一直就是这样一群时而严肃、时而唠叨、时而温柔，又时而张牙舞爪的可爱大怪物。

闭上眼睛，回忆起我的童年，最远可以追溯到幼小的我还穿着开裆裤，一个人蹲在地上拉屁屁。后来，不知怎么回事，我觉得还挺好玩儿的，于是找个树枝和着泥土热火朝天地拌了起来，大约是想象自己在做饭。虽然有点儿恶心，但确实是存在于我脑海中关于小时候的最早的记忆。我还记得童年的那次离家出走，因为生妈妈的气，我悄悄跑到了离家几百米开外的石灰厂，静静躲在一个角落里，想象着这是一场多么伟大的壮举，最后还是以自己肚子饿了回家吃饭而草草告终。还有童年的梦，我梦到潜入海底蓝色的世界，童话一样的梦，我以为我清清楚楚地会记一辈子，可早已模糊了。还记得那场大雪，院子里的石板上积了厚厚的一层，我和很多小伙伴拿着树枝当切刀，在那儿模仿大人切豆腐卖豆腐，一块一块小心翼翼地切着。那些场景和方形的小雪块像一小段黑白旧录像，无论什么时候想起都会在脑海里晃荡。

我的童年，浓缩成了这些小小的片段，人生每前进一段，就会因为记忆的衰退以及更多新鲜琐事的涌入而挤出一部分陈旧的回忆，不知被丢到什么地方去了，再也无法忆起。童年的故事，童年的梦，童年的呓语，童年的心情，越来越远，越来越模糊。

画了第一本《有一天，你会长大》之后，三岁的悠宝经常把书拿过来让我讲给他听，他知道那是关于他的故事，他听得有时专注、有时思索、有时乐哈哈。再后来，他干脆自己拿过来读，也许是对书里的故事耳熟能详，遇到觉得好玩儿的地方自己就嘿嘿直乐，不知道是不是因为我自己很喜欢幽默的主题，他天生也很能捕捉到生活中的喜感。妈妈的童年除了琐碎的回忆和姥姥、姥爷有时讲起的片段之外，并没有什么存留，而他竟然可以有一本妈妈为他创作的漫画故事集，也算是件幸福的事吧。小不点儿在长大，成长的故事一直在继续。于是，陆陆续续又画了很多，第二本漫画终于也完成了。绘制的故事题材虽然来自于悠宝，但是孩子们的成长历程总是相似的，妈妈们的心情也是如此。所以，虽然画的是悠宝的成长故事，可那些关于成长的惆怅，那些似曾相识的调皮和可爱，那些感伤或萌萌的小时光又是很多妈妈和宝宝共同的回忆主题。人生不断向前推进，童年终究都会成为点滴回忆。能够用画笔为孩子记录下这些生命中最初的故事，若干年后，他仍旧可以通过这些漫画追忆和我们在一起的那些小时光，对我而言也是件无比幸运的事。

　　谢谢亲爱的爸爸妈妈还有亲爱的妹妹，谢谢我的编辑雪静姐，还要谢谢选择了这本书的你们——所有的爸爸妈妈。希望我们能够以大人的姿态、孩童的心一起陪伴宝贝们慢慢成长。

苏之♥

2016.5.10

新浪微博：@悠鹿蘇蘇　　公众微信：悠鹿苏苏